그래도 지치는 날에는 사랑이 위로가 되었다

안선우 세 번째 감성시집

그래도 지치는 날에는 사랑이 위로가 되었다

펴 낸 날　　2021년 6월 30일

지 은 이　　안선우
펴 낸 이　　이기성
편집팀장　　이윤숙
기획편집　　이지희, 윤가영, 서해주
표지디자인　이지희
책임마케팅　강보현, 김성욱
펴 낸 곳　　도서출판 생각나눔
출판등록　　제 2018-000288호
주　　소　　서울 잔다리로7안길 22, 태성빌딩 3층
전　　화　　02-325-5100
팩　　스　　02-325-5101
홈페이지　　www.생각나눔.kr
이 메 일　　bookmain@think-book.com

· 책값은 표지 뒷면에 표기되어 있습니다.
　ISBN 979-11-7048-260-4 (03810)

안선우 세 번째 감성시집

그래도 지치는 날에는
사랑이 위로가 되었다

생각나눔

글을 쓰며, 사랑하며

마음에 드는 생각이나
머릿속에 떠오르는 이야기를
글이나 시로 쓰기 위해
연필을 잡아봅니다.

머릿속에서 글자들이
자음 하나 모음 하나
쏙쏙 도망치듯 빠져나갑니다.

그것을 찾기 위해 꽃들에게 물어보고
바람결에 날아간 것 잡아보고
하늘에 묻어있는 것 떼어보고
때로는 사랑하는 사람과 함께 찾아보고
따뜻한 이웃에게 물어보기도 합니다.

글이란 마음과 머릿속의 이야기 같지만
결국은 자연에서 이웃에서
그리고 사람을 사랑하는 마음에서
오는 것 같습니다.
사랑은 글을 쓰게 만들고
글을 쓰는 것은 사랑을 하는 것입니다.

차례

첫 번째 이야기 '많이 사랑하다'

두 번째 이야기 '이별하다'

세 번째 이야기 '아파하며 그리워하다'

다섯 번째 이야기 '삶과 신앙'

그래도 지치는 날에는 사랑이 위로가 되었다

첫 번째 이야기
'많이 사랑하다'

당신의 사랑

당신은 사랑에
대하여 이야기하지 않습니다.

당신은 사랑을 잠시 빌려
말과 행동을 하지 않습니다.

당신은 사랑으로
아픔을 잠시 대신하지 않습니다.

당신은 자체가
사랑이며 아픔입니다.

그러므로 당신의 전부를
온전히 받습니다.

사랑은 비움이라

사랑은 모든 것을 주는 것이 아니라
모든 것을 해주는 것입니다.

사랑은 전부를 주는 것이 아니라
한 사람만을 위해 옆자리를 비워두는 것입니다.

사랑은 소유의 시작이 아니라
비워내고 내려놓음의 시작입니다.

겨울의 시작은 단풍을
내려놓음으로 시작하며
봄의 시작은 봄눈이
내려녹음으로 시작하듯

우리의 사랑도
비워내고 내려놓아야
비로소 시작합니다.

보고 배우다

사랑이 소유라고 배운 사람은
사랑이 소유라 생각하고
또 그렇게 사랑합니다.

사랑이 주는 것이라고 배운 사람은
사랑이 주는 것이라고 생각하고
또 그렇게 사랑합니다.

사랑은 가르치는 것이 아닙니다.
사랑은 보고 배우는 것입니다.
그래서 우리는 제대로
사랑해야 합니다.

빛과 사랑

빛이 있는 곳에 사랑이 있는 것인지
사랑이 있는 곳에 빛이 있는지
나는 알 수 없습니다.

두 눈에 잠이 내리기전
당신과의 하루를 새겨봅니다.
별빛과 같은 찬란한 하루를 감사합니다.

밤새 내린 잠이 눈에서 녹아질 때
당신과의 하루를 그려봅니다.
햇빛과 같은 눈부신 하루를 기대합니다.

사랑과 빛은
그렇게 함께 오나 봅니다.

당신의 손

당신의 손을 잡기 전
내손의 체온을 살피고
혹시 손에 물이 묻지 않았나?
까칠하지 않나 조심스러웠던 적이 있었습니다.

우리의 시작은
그렇게 많이 떨렸으며
그렇게 많이 설레었으며
그렇게 많이 조심스러웠습니다.

그렇게 시작된
우리의 사랑은
지리한 장마가 아닌
늘 새로운 햇살 같았고
시원한 산들바람이었습니다.

당신이 있는 곳에

꽃잎이 흔들리는 곳에
고운 바람이 살며
별빛이 반짝이는 곳에
맑은 공기가 살아갑니다.
당신이 있는 곳에
내가 살듯이….

햿살 같은 당신

햿살이 가루가 되어
뿌리는 날이 있고,

또 어떤날에는 햿살이 방울이 되어
맺히는 날이 있습니다.

햿살이 물을 머금어
낮은 곳에 머무는 날이 있고,

햿살이 하얀구름에 가려
보일듯 말듯 애태우는 날이 있습니다.

햿살은 햿살이어서 참 좋습니다.

바라보기

오늘도 당신이 가장 잘 보이는
자리에 앉습니다.

당신만 바라보았기에
당신이 무엇을 바라보는지
왜 웃는지 알 수 없었습니다.

당신이 바라보는 곳을
함께 바라 보고 싶고
당신이 웃는
이유가 되고 싶습니다.

하나뿐인 사랑, 시를 쓰는 이유

세상에 하나뿐인 사랑을 하려면
세상에 하나뿐인 노력을 해야합니다.

누군가의 고백을 가져다가
전하는 건 감동이 없습니다.

서툴고 엉성해도
내 마음이 시키는
나만의 고백이
가장 담백하고
진실된 사랑입니다.

눈이 오지 않아도

우리네 겨울은 굳이
눈이 오지 않아도 행복합니다.

눈처럼 하얀 웃음꽃눈이
서로의 눈과 마음에
오늘도 내립니다.

밤의 봄, 봄의 밤

바람이 참 밝습니다.
별빛이 참 부드럽습니다.

예쁜 말투와
따뜻한 표정.
이렇게 보드라운
봄의 밤은 처음입니다.

특별함이 없는 이 밤
실수가 없는 봄 밤
가장 행복한 이 봄 밤.

사랑은 안정감

사랑은 내가 누군가를
사랑하는 감정이 아니라
내가 사랑을 받고 있구나
하는 안정감이다.

입술로 사랑한다 말하고
소유하고 싶고
모든 것을 다해주고
싶은 것이 사랑이지만
그것으로 찾아오는
공허함이라면
그건 분명 사랑이 아니다.

따뜻한 봄날 느껴지는
햇살 같은 포근함
곱게 핀 꽃 한 송이에서
느껴지는 평안함.

사랑과 매우 닮아있다.

봄꽃과 봄 햇살

봄은 사랑하고 있는 사람보다
사랑하고 있지 않는 사람이
더 분명해지는 계절이다.

사랑하는 사람에게
봄꽃과 봄 햇살은
코끝 손끝 발끝을
맡기에는 충분하기에

그 계절의 우아함을
걷고 누리지 않는 사람은
누구도 사랑하지 않는
사람임이 분명하다.

당신은 그리고 나는

당신이 나의 이름을 부름이
사랑입니다.

작은 바람에도 놀라며
작은 파도의 찰싹거림에도
두려워하는 나를
품어줌도 사랑입니다.

사막 같은 세상에
나 혼자 무엇이든 할 수 있다는
교만함을 자랑치 않게 해줌도,

시냇가에 뿌리를 내리고
그 겸손함 마음을 갖게 해준 것도
사랑입니다.

당신이 없음에 강한 나의 모습이 아닌
당신과 함께 있음에도 약한 나의 모습에
감사함이 사랑입니다.

베른(Bern)으로부터

"보고 싶습니다. 잘 지내나요?"
나의 편지에
대답 대신 사진 한 장을 보내왔습니다.
곰 공원과 영국 정원에서 바라본
베른 대성당이 풍경 안에 있습니다.

늦여름의 바람이
초가을의 온도를 만들며

계절의 중간에 구름처럼
당신에게 가지도
또 당신을 떠나지도 못하는
내 마음이 풍경 안에
함께 담아있습니다.

내가 베른을 가면 당신을
만나러 가는 것이라는
답장을 받지 못할 편지를
다시 한 번 띄워봅니다.

초록의 마음

끝이 보이지 않는 초원을
달리고 달리다 보면
내 마음도 어느새 초록이 됩니다.

마음을 곱디고운 초록으로 일구고
이해의 연못을 만들어
찾아오는 이에게 물을 주고
사랑의 나무도 심어두어
내 마음의 그늘 아래 쉼도 주고 싶습니다.

그리고 감사의 열매가 열리는 날엔
이웃과 함께 꼭 나누며
초록의 마음 여기저기에 피고 지는
들꽃의 이름들도 꼭 기억할 것입니다.

겸손의 울타리도 만들어
쉬이 그곳을 넘지 않아야 함도 명심하겠습니다.

당신의 집 앞

우리 사랑은
새벽녘에 별빛이었습니다.

해가 뜨면 사라질 것을 알면서도
끝까지 서로를 비추어주었습니다.

해가 떠오른 것도 모른 채
우리가 사랑이라 믿었던 것들이
흔적도 없어졌음에도,

서로에게 가장 먼저
떠오른 별은 아니었지만
가장 끝까지 남아있는
별빛이길 바랐습니다.

봄비로 인해 짙어지는 것

봄비처럼 마른 땅을 적시고
싶은 적이 있는가?

달처럼 해를
보고 싶은 적이 있는가?

민들레 홀씨처럼 바람이 닿기를
원한 적이 있는가?

봄비는 초록만을
짙게 하는 것 아니요
이제는 닿을 수 없다는
그리움이 짙어져
애달픔으로 내 마음을
적십니다.

당신의

당신의 예쁨이
봄 같은 기쁨을.

당신의 웃음이
봄 같은 녹음을.

당신의 사랑이
봄 같은 자랑을….

차: tea

'사랑해'라는 고백은
정성스레 고른 티백에
뜨거운 물을 붓고
기다리는 마음과 같습니다.

티백에서 향기와 맛이
제대로 우려 나올 때까지
기다리는 마음.
뜨거우니 서두르면 안 되고
식기 전에 음미하고픈 그 마음.

이 름

"왜 전화 바로 안 받았어요.
내 생각하고 있었다면서요."

"음 당신의 이름이 뜨는데
오늘따라 그 이름을
바라보면서 묘한 마음이 들었어요."

"이 이름의 사람이
내 인생의 전부라면
그것으로 충분할 것
같다는 그런 생각이요."

창 가

창틈의 바람만큼
포근한 자장가가 없고

창문의 햇살만큼
적확한 깨움이 없다.

창밖의 달빛만큼
달달한 눈 맞춤이 없으며

창가의 빗물만큼
경쾌한 음악이 없으며

창틀의 풍경만큼
의미 있는 풍경화는 없습니다.

좋습니다. 창가가 참.

달과 나 사이

시간은 어제보다
오늘에 가깝고,

참 고운 달빛과
물기를 머금은
보드라운
바람은 좋으며

딱 이만큼의
공간이 좋은
달과 나 사이

솔직함

당신을 만나는 날은 기쁘고
당신을 만나지 못하는 날은 슬픕니다.

나의 감정이 이렇게
솔직해지는 것이 사랑입니다.

당신을 만나 기쁜 날에는
모든 것이 적극적으로 변합니다.
당신을 못 만나 슬픈 날에는
어느 것 하나 신이 나지 않습니다.

나와 행동이 이렇게
하나 되는 것이 사랑입니다.

더 깊은 사랑

봄꽃이 피면
함께 손을 잡고
그 길을 걷는 것이
사랑인 줄만 알았습니다.

그저 바람이 되어
그저 길가에 들꽃이 되어
당신 가는 길
지켜봐 주는 것이
더 깊은 사랑임을
알게 되었습니다.

그래도 지치는 날에는 사랑이 위로가 되었다

두 번째 이야기
'이별하다'

말끝처럼

날씨가 흐리다.
이별의 날 흐렸던
당신의 말끝처럼….

이별의 순간

사랑과 이별 사이에는
언어가 없습니다.
어떤 말도 필요가 없고
더해져도 아무 소용이 없습니다.

사랑과 이별 사이에는
시간이 없습니다.
함께 나누었던 행복의 찰나들이
산화되어 보이지 않습니다.

사랑과 이별 사이에는
공간이 없습니다.
당신이 없고 내가 있는
내가 있고 당신이 없는 곳은 없습니다.

사랑과 이별 사이에는
이해가 없습니다.
언어가 없고, 시간이 없고,
공간이 없기에
이해는 더욱 없습니다.

바로 보기

다 담을 수 있을 것이라고
생각했나 봅니다.
떠나가는 마음 하나
붙들어 매지 못하면서

하나도 아프지 않을 것이라고
생각했나 봅니다.
새벽마다 가슴 저리며
깨어 잠 못 이루면서

쉽게 다 잊을 것이라
생각했나 봅니다.
아껴 듣던 노래가
빗물 타고 흐르면
무너져 내리면서

사랑은 당신을 바라보는 것이라면
이별은 나를 바로 보는 것입니다.

깊었던 밤

아무것도 들리지 않았던
아무것도 볼 수 없었던
아무것도 만질 수 없었던
그러한 밤이 지났습니다.

아침이 닿은 시간에서
밤을 보기 시작합니다.

별의 부재가
아침이 아니듯
어두움의 부재 또한
아침이 아닙니다.

당신의 부재가
내 삶의 없음이 아니었듯.

상 념

한 순간도 온전히
서로의 것이 되지 못했던
미련한 미련의 기억이
휘발되어지길 바라는
깊고 아픈
가을의 밤입니다.

그래도 지치는 날에는 사랑이 위로가 되었다

멀어지는 것

다가가려고 애썼던 만큼
멀어지는 것은 참으로 힘겹습니다.

당신의 마음 안으로
그리고 당신이 내 마음 안으로
가고 오고 했던 시간들만큼
다시 제자리로 가기가
참으로 눈물겹습니다.

만남의 시작에서
이별의 끝을 그리지는 않지만

다가감이 설렜고
함께함이 황홀했다면
돌아서는 발끝도
아름다워야 합니다

어렵습니다.
힘듭니다.
슬픕니다.
다가가기만큼
멀어지는 것이

다른 생각

남자는 기다림이라고 말했고
여자는 내버려둠이라고 말했습니다.

기다림은 설렘이지만
내버려둠은 비참함이라고 말했습니다.

기다림은 어디쯤 오냐고 물으면
이야기해줄 수 있는 것이지만

내버려둠은 오고 있는지
멀어지고 있는지조차
모르는 것이라고 말했습니다.

기다림은 꿈속에서도 할 수 있지만
내버려둠은 악몽을 꿀까 봐 잠조차
이루지 못하는 것이라 말했습니다.

기다림은 셀 수 있지만
내버려둠은
셈조차 되지 않는다고
말했습니다.

기다림은 보고 싶다는 말이
가까이 다가오고 있음이지만
내버려둠은
더욱 멀어지고 있음을
확인할 뿐이라고 말했습니다.

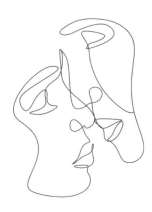

10월

나의 일상은
이제 당신을 만나기 전
모습으로 제법 돌아온 것 같습니다.

당신이 없으면
아무것도 할 수 없을 줄 알았지만
모든 것을 다 잘 하고 있는
내 모습이 대견하기까지 합니다.

당신을 만나기 전 나의 삶은
지리한 장맛비를 우산 없이
맞으며 걷고 있었으며,
칠흑 같은 어두운 터널 속에서
더듬거리고 있었습니다.

당신은 구름 뒤에 햇살이었으며
터널 끝 한줄기 빛이었습니다.

당신이 떠난다고 했을 때
이별보다 두려웠던 것은
다시 어두운 곳에
혼자 남겨지는 것이었습니다.

많이 보고 싶고
많이 그리웠습니다.
그럴수록 더욱 참아내려 했습니다.

10월입니다.
국화꽃 보러 갔다가
유난히 추위에 떨었던
당신의 모습이 떠오릅니다.

아직 모든 것을 잊기에는
추억이 많이 깊었나 봅니다.

어두운 방

이별은 마치 어두운 방을
거니는 것과 같습니다.

아무것도 보이지 않는 곳을
더듬거리며 걷다가
부딪히고 넘어지고
주저앉습니다.

어두웠던 공간이 익숙해지며
무언가 보이기 시작하면
내내 옆에 있던
그 사람이 없음이
더 선명하게 느껴집니다.

계절 사이

별을 이고 지고 당신의 흔적을 찾아
이리저리 헤매던 수많은 밤들

당신에게만 들려주려고 여기저기
모아두고 아껴둔 이야기들

슬픔에 눈물에 앞을 가려도
또렷한 그리운 당신의 얼굴도

그리다 지우다 쓰다 긋다.
되뇌이다 잠긴 애태운 이름도

말도 없고 소리도 없이
지고 있는 계절의 끝에
안녕 그리고 또 안녕

별이 이별이 되고

내가 당신이 되고
당신이 내가 되었던 그 밤.
우리가 별이 되고
별이 우리였던 그 밤.
혼자이기에
외로운 밤이 아니라,
당신이 없다는 게
쓸쓸하고 아픈 밤입니다.

봄비

더디 오는 봄
쉬이 떠나지 못하는 겨울
그사이 내리는 차가운 봄비

더디어진 당신의 마음
쉬이 보내지 못하는 나의 마음
그사이 흐르는
뜨거운 이별

마지막 잎새

마지막 남은 잎새 하나는
이별을 앞둔 이의
마음과 닮아있습니다.

그 한 잎이 남기까지
얼마나 많은 마음속에서
이별을 결심했을까요?

그 마음 돌리려 하지 말고
고고하게 놓아주어야겠습니다.

파리의 콩코드 광장

누군가 나에게 파리의 콩코드 광장에서
아스라이 지는 해를 보러 가자 해도
난 가지 않을 것입니다.

우리가 함께 바라본
그날의 그 풍경이
우리의 마지막으로
기억되어야 하기 때문입니다.

나의 기억은
거대한 오벨리스크도
튈르리 정원의
녹색의자도 아닙니다.

해가 뉘어지는 곳으로 머물렀던
마지막 시선의 무덤뿐입니다.

봄은 흩어지는 계절

봄은 이별이
선명한 계절이어도

한두 해의 향긋한
벚꽃으로
한두 해의 따사로운
봄빛으로

또렷했던 이별이라는
두 글자가 흩어지는 계절.

주저하는 마음

당신의 고왔던 웃음소리를 닮은
바람소리를 들었습니다.

뒤를 돌아보아야 할지
애써 못 들은 척해야 할지요?

당신의 예뻤던 말투를 닮은
새소리를 들었습니다.

위를 올려다보아야 할지
무심히 땅을 보며 걸어야 할지요?

분명 당신이 없다는 걸.
알고 있습니다.

하지만 오늘도 내 마음은
주저주저합니다.

그랬습니다

무엇인가를 오래 하면서
줄곧 웃는 일은 쉽지 않은 일입니다.

그럼에도 당신을 만나는 그 시간은
정말 그랬던 것 같습니다.

당신을 만나러 가는 시간이 즐거웠고
당신을 만나는 시간은 당연히 그랬었고
당신을 만나고 돌아오는 길도
신기하리만큼 그랬습니다.

하지만 모든 게 시작이 있다는 건
마지막 있다는 사실을
잊고 있었던 것 같습니다.

그래도 지치는 날에는 사랑이 위로가 되었다

세 번째 이야기
'아파하며 그리워하다'

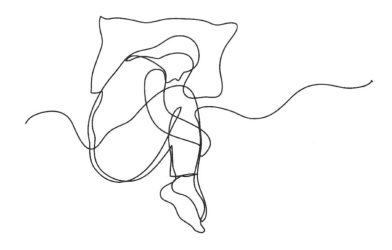

생 떼

내 곁을 떠나버린
당신에 대한 기억은
네 계절이 바뀌어도
참으로 생떼 같습니다.

거짓을 말하지 않는 비

비는 거짓을
말하지 않습니다.

누군가의 마음에
슬픔이 흘러내려도
비는 자신을 멈추지 않습니다.

비는 틀림을
말하지 않습니다.

누군가의 마음에
그리움이 흘러내릴 때면
어김없이 창가에 내리고 있습니다.

눈 물

아침에 풀에 맺힌 물방울이
이슬인지 빗물인지
쉬이 알 수 없습니다.

밤을 새우며 떨어지는
혹은 내리는 것과
함께 하지 않았다면
알기란 참으로 어렵습니다.

당신 눈에 맺힌 눈물 또한
기쁨인지 슬픈 인지
쉬이 알 수 없습니다.

마음속 깊은 곳까지 함께 어루만지며
오랜 시간 동안 서로의 마음을
꼭 붙잡고 걷지 않았다면
쉬이 알 수 없습니다.

이 름

당신의 이름은
촛불입니다.

부르면
사라질까 봐
차마 부르지 못합니다.

당신의 이름은
나비입니다.

잡으면 부서져
사라질까 봐
차마 잡지 못합니다.

당신의 이름을
부르지도
붙잡지도 못합니다.

사랑한 후에

우리가 사랑할 때
당신은 달빛처럼
은은하게 젖어온
설렘이라면

우리가 헤어진 후
당신은 별빛처럼
촘촘히도 박힌
아픔입니다.

이별 후

아무것도 못하고
살 줄 알았는데
야무지게 모든 걸
잘하고 살고 있습니다.

찔레 향에 찔려도
봄바람은 불 듯
아팠어도
앞이 보이지 않았어도
모든 걸 야무지게
아주 잘하고 있습니다

빗물과 눈물

흘러내리는 빗물은
대지의 오랜 목마름을
그치게하나

흘러내리는 눈물은
내 안의 오랜 그리움을
더욱 짙게 만듭니다.

눈

눈이 오지 않은 겨울은
당신이 날 떠나가기 전
그 모습과 닮아있습니다.

같은 공간 같은 시간에
있었을 뿐
우리는 무엇으로
채우지 못했습니다.

당신의 것인지
계절의 것인지 모르는
따뜻한 한기만
우리를 스치고 지나갔습니다.

흐르는 물

사랑은 물이 흐르는 것입니다.

이별은 그 흐르던
물이 멈추는 게 아니라,
다시 물이 있던 곳으로
되돌리는 것입니다.

그래서 큰 파도 같은 격정적이고,
오랫동안 깊이 흐른 사랑일수록
견디어 내기가 어려운 것입니다.

지우기

누군가를 잊는다는 건
참으로 어려운 일입니다.

대상과 얽히고설키어 있는
나 또한 함께 통째로
드러내야 하는 것이기 때문입니다.

그리움

한결같은 그리움은 없습니다.

그리움은 늘 문득 찾아와
그리 오래 머물지 않습니다.

일상이 선명해지면
그리움은 희미해집니다.

이제 당신에게 편지를 쓴다면

지다 만 단풍 끝에
겨울 빗방울이 매달려
떨어질 듯 말 듯

이제 내가 당신에게
편지를 쓴다면
사랑한다 한 줄만 쓰겠습니다.

사랑한 줄 알았지만
미워했었고
미워하는 순간도
사랑이라 했었습니다.

떨어져도 새로 매달리고
매달리다 이내 떨어지고
내 사랑도 내 미련도 그러했습니다.

그리움에 모양이 있다면

그리움에 모양이 있다면
아마도 둥글 것입니다.

서로를 비추며 그리움을
새기었던 별과 달이 둥글고

먼 바다를 그리워하며
파도에 바람에 깎이고 해어진
둥근 자갈도 그러합니다.

내 마음에 모가 나 있으면
그것은 미움을 닮은
미련일 것입니다.

그리움의 모양은
부드럽게 둥글 것입니다.

나는 당신이

나는 당신이 가장
힘겨워하는 계절을
잘 알고 있습니다.

나는 당신이 가장
그리움이 가득한 시간은
잘 알고 있습니다.

나는 당신이 가장
따뜻함을 필요로 하는 날씨를
잘 알고 있습니다.

하지만 그때에는
당신을 찾아가지 않을 것입니다.

힘겨움이 무뎌지고
그리움이 빛이 나고
서로의 눈빛이 따뜻할 때
가장 눈부신 모습으로
보고 싶기 때문입니다.

정 리

당신과 그렇게 이별을 하고
창문 밖 풍경이 네 번의
옷을 갈아입는 동안
내 마음은 늘 같은 곳에 머물러 있는
아주 정적인 나날들이었습니다.

내가 할 수 있는 일들보다
내가 해야만 하는 일들을
겨우겨우 해내며
어느 것 하나 온전하게 해내지
못하는 모습으로 살아갔습니다.

이별로 인한 아픔과 슬픔은
당신에게서 온 것들이 아니라는 것을
하루하루 깨달아갔지만
마음속에 자꾸만 파고드는 가시와 같은
아픔은 쉬이 참기가 어려웠습니다.

꽃이 피고 지듯이
바람이 불어와 가듯이
비가 내려 흘러가
다시 대지가 마르고
눈이 녹은 자리에 새싹이 피어나듯
그렇게 내 마음의 아픔도
사라지기만을 참아냈습니다.

그 아픔을 견디어 내는 동안
보고 듣지 못했던 것들이 하나둘씩
눈으로 마음으로 다가왔습니다.

그리고 마음이 닿는 곳에
따뜻함은 늘 어떤 다른 모양과
다른 이름으로
항상 내 곁에 있었음을
알게 되었습니다.

아픔은 나를 더 따뜻하게
바라보라 말을 합니다.
슬픔은 나를 더 진심으로
용서하라 말을 합니다.

비가 오면, 바람이 불면,
햇살이 좋으면
그게 다 나라고
이야기를 했었습니다.
그렇게 늘 곁에 있고 싶었습니다.

그 순간들이 행복으로만
기억되도록 노력해야겠습니다.
그랬던 날들도 지금의 날도
모두 인생이라는 같은 이름의
의미를 깨달아가고 있을 테니까요.

그리움

그리움, 보고픔을
담아둘 곳이 없습니다.

마음속에 담아두려니
너무 쓰라린 아픔이 되며
머릿속에 담아두려니
이성이 되어 이내 식어버립니다.

계절 속에 걸어두니
어김없이 찾아오고
여행길에 놓고 오니
그곳에 자꾸 가고 싶어집니다.

그리움, 보고픔은
담아둘 곳이 없습니다.

눈 길

가을날 함께 걸었던
우리의 그 길에는
아직 진한 노을이
남아있습니다.

우리의 겨울이
나만의 겨울로

당신의 부재가
하얀 눈 위에
더욱 선명해집니다.

대 천

달의 모양이 가리키는 데로
쉴 새 없이 일렁이는 파도처럼

꽃향기가 가리키는 데로
바쁘게 움직이는 꿀벌처럼

햇살이 가리키는 데로
부드러워지는 저녁노을처럼

당신의 마음이 가리키는 데로
그대로 온전히 당신을
그리워할 것입니다.

파리에게

잘 지내나요? 참 많이 보고 싶습니다.
언제쯤 우리가 다시 마주할 수 있을까요?

당신을 처음 만난 게 내 삶의 오전 11시였는데.
저는 지금 오후 2시 정도를 지나고 있는 것 같습니다.
치열하고 치열하게!

아무래도 3시, 4시가 지나고
5시가 되어야
당신을 보러 갈 수 있을 것 같습니다.

너무 걱정하진 마세요.
늘 안부 챙기고 있으며
삶의 시간이 어두워지기 전에는
꼭 찾아갈 테니!
참 많이 보고 싶습니다.

훗날의 그리움

바람은 떠나고
손톱은 자란다.
비는 그치고
노래는 흐른다.
지나온 날은 기대가 되고
먼 훗날은 그리움이 된다.

기다림

기다림이
만남을 위함이 아님을
당신을 기다리면서
알았습니다.

계절에 따라 피고 지는 들꽃이
밤마다 얼굴을 보이는 별빛이
누군가를 만남을 위함이 아니듯
기다림은
언제나 그 자리에 머물려
어쩌다가 우연히 바라봐 줄 때
같은 모습으로 있는 것임을
알았습니다.

갈 때와 갈대

갈 때가 되었나 봅니다.
갈대가 바람에 슬피 우니

가을이 가물가물 가려나 봅니다.
겨울이 겨우겨우 오게 하고 싶습니다.

붙잡을 수 없는 것이라면
복잡하게 생각하지 않아야 할 듯합니다.

눈이 오지 않는 이유

유난히 눈이 내리지 않는
겨울이 지나갑니다.

당신이 오지 않는
오랜 시간이 지나갔습니다.

겨울의 마음은 따뜻하고
당신의 대기는 차갑습니다.

눈이 와도 당신은
오지 않을 것입니다.
그리움만 쌓일 것입니다.

부드러워진 꿈

부드러워진
꿈을 꾸다 깬 것이
참 오랜만입니다.

당신에 대한 거친 기억이
하루하루 밤
그리움으로 닳아지고
당신에 대한 모난 기억이
별빛에 해어지면서
이내 둥글어졌나 봅니다.

이제는 가끔씩

가끔씩 당신을
잊을 때가 지나고
가끔씩 당신을
생각하고 있어요

그리움이 아픔이 되던
때가 지나고,
가끔 아플때에
그리움이 되고 있어요.

커피 한 잔에 당신을
늘 담던 때가 지나고
가끔 당신을
커피 한잔에 담아봅니다.

그리움을 닮은 바람

그리움과 닮은
무엇이 있다면
그건 바람이
아닐까 싶습니다.

나의 의도와는
아무런 상관없이
불었다가 멈추었다가.

만질 수도 없고
볼 수도 없고
붙잡을 수는
더더욱 없고.

이내 찾아온 듯
스쳐 지나가고
지나간 듯
그 자리에 맴돌고

행복만

햇살이 맑아
눈이 부시는 날엔
그 해맑음으로
당신이 행복하기만
했으면 좋겠습니다.

그리움을 재어보았습니다

당신에 대한 그리움의 거리를 재어보았습니다.
함께 손을 걷고 걸었던
그 거리 만큼입니다.
당신에 대한 그리움의 둘레를 재어보았습니다.
두 팔로 꼭 안을 수 있을
만큼의 둘레입니다.
당신에 대한 그리움의 무게를 재어보았습니다.
등 뒤에 업고 집으로 돌아올
만큼의 무게입니다.
당신에 대한 그리움의 부피를 재어보았습니다.
당신을 나의 두 눈에 그리고
나의 가슴에 충분히 담을
만큼의 부피입니다.

몰랐습니다

비가 내리기 전에
비가 내리면
이렇게 그리울 줄 몰랐습니다.

눈이 내리기 전에
눈이 내리면 이렇게 보고 플 줄
몰랐습니다.

찬바람이 불기 전에는
당신의 따뜻한 손이
잡고 싶을 것이라는 걸 몰랐습니다.

정말 몰랐습니다.
다 잊은 줄만 알았습니다.

훗날의 그리움

바람은 떠나고
손톱은 자란다.
비는 그치고
노래는 흐른다.
지나온 날은 기대가 되고
먼 훗날은 그리움이 된다.

그래도 지치는 날에는 사랑이 위로가 되었다

네 번째 이야기

'나의 가을'

나의 가을

가을은
바람 한 줌으로도
안부 인사가 풍성해지는
참 고마운 계절입니다.

그래도 지금이 행복합니다

가을 달빛이 부드럽게 감싸며
가을바람이 은은하게 퍼지는
그 길을 당신과 손을 잡고 걸었습니다.

우리의 마지막 걸음인 듯
손을 더욱 꼬옥 쥐고
짙어가는 가로등 불 사이에
우리의 눈빛도 짙어지고
깊어지는 귀뚜라미 소리 사이에
우리의 고백도 깊어집니다.

당신을 사랑함이 쉽지 않습니다.
하지만 당신을 사랑하지 않았던
시간들보다 행복합니다.

당신을 기다림이 쉽지 않습니다.
하지만 당신을 몰랐던 시간들보다
그래도 지금이 행복합니다.

가을보다 먼저 찾아오신 이

가을보다 먼저 불어온
가을바람을 타고
내 마음 당신 볼에
살며시 닿아봅니다.

가을보다 먼저 피어오른
가을 국화를 안고
내 마음 당신 콧잔등에
살며시 대어봅니다.

가을보다 먼저 물든
가을 노을을 붓에 찍어
내 마음 당신 입술에
살며시 칠해놓습니다.

가을보다 먼저 높아진
가을 하늘을 거울에 담아

내 마음 당신 눈 속에
살며시 비추어드립니다.

가을보다 먼저 찾아온 당신.
내 마음의 사랑으로
살며시 어여쁘게
해드리고 싶습니다.

낮이나 별이나

가을 하늘 은하수는
단풍별로 가득 차 있습니다.

하늘의 별론 다 채울 수 없는
우리의 눈과 마음을
가을의 단풍별로 채워줍니다.

가을은 밤이나 낮이나
별이 빛나는 계절입니다.

가을이 가을과 이별하다

우리가 가을을 보내는 것도
가을이 우리를 떠나는 것도 아니다.

가을은 가을과 이별한다.
봄처럼 왔다가
겨울처럼 떠나는 가을

내 안에 머물어 다른 내가
그렇게 왔다가
그렇게 떠나는 것이 이별이듯

가을은 가을 안에 머물다
떠나는 것이다.

스침 1

가을은 스치기만 해도
설레는 계절입니다.

내가 굳이 찾아가지 않아도
그렇게 우리에게 와있습니다.

스침 2

가을은 스치기만 해도
설레는 계절입니다.
햇살이 스치고 지나간 하늘에는
설렘의 노을이
붉은빛으로 물들어가며
바람이 스치고 지나간 들판에는
설렘의 코스모스가
핑크빛으로 물들어가며
추억이 스치고 지나간 골목에는
설렘의 가로등 불이
주황빛으로 물들어갑니다.

하고픈 계절

가을은 사랑을 하고픈 계절이 아니라
당신과 사랑을 하고픈 계절이고.

가을은 어디론가 떠나고 싶은 계절이 아니라
당신과 떠나고 싶은 계절입니다.

빛이 없는 내가
당신으로 빛나는 가을입니다.

계절의 시간

가을은 계절의 시간이
참 빠릅니다.

꽃들의 빛깔
하늘의 높이
바람의 차기
물결의 일렁임

모든 게
하루 다르게 변합니다.

이 계절을
붙잡아 둘 수 없기에
부지런히
오감에 담아야겠습니다.

가을비 호수

참 잘 어울립니다.
가을비를 머금은 호수도
호수를 더 빛나게
물들게 하는 가을비도

우리도 욕심 없이
미움 없이
서로에게
서로를 빛나게 하는
그런 관계가 되길 바랍니다.

가을바람 따라

가을바람에 살랑거리는 게
코스모스뿐이겠는가?

오랜 시간 맞잡은 두 손
간지럼 태우고

엷고 잔잔한 미소
은은하게 퍼트려주고

그렇게 서로의 마음은
가을 안에서 깊어갑니다.

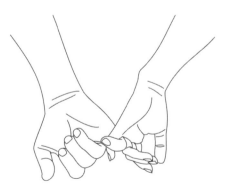

가을 마중

곱디곱게 찾아오는 가을
곱디곱게 단장하고 맞아야지요.

그래야 내 모습 보고
바람이 코스모스에게 소문내고
코스모스가 하늘에 소문내고
하늘이 단풍에 소문내서
두루두루 날 보러 찾아오지요.

풍 요

가을은 소유하지 않아도
만족과 풍요를 주며
종이 위에 써내려가지 않아도
마음에 감성이 새겨집니다.

가을 추

가을은 수고를 추수하는 계절이고
꼼꼼 감추었던 추억을 들추는 계절이고
다 가는 한해 추스리는 계절이고
파란 하늘 추켜세워주는 계절이고
쓰고 부치지 못한 편지에 추신 한 줄 추가하는 계절이다.

가을은 사람을 만나는 것

가을을 만나는 건
사람을 만나는 일이기도 합니다.

사람과 마주하고 있자면
가을을 마주하는 것 만큼 감동과 여운을 줍니다.

따뜻한 사람을 만나면 가을바람처럼
나 역시 부드러워집니다.

너그러운 사람을 만나면
가을 과일처럼 나 역시
풍성해집니다.

이렇게 좋은 가을날
그와 같은 사람을 만나러 갑니다.

인 내

단풍이 물드는 시간이 다르고
곳곳마다 눈이 녹는 속도가 다르듯
사람마다 감정을 정리하는
시간 또한 다릅니다.
그러니 누구든 건드리면 안 됩니다.

내 감정이 정리되었다고
상대방도 정리되었다고 생각하고
행동하지 않아야 합니다.

가을, 보고픔

내가 가을꽃을
보러 가자는 건
당신을 보고 싶다는
이야기입니다.

내가 가을 하늘을
보러 가자는 것도
당신이 보고 싶다는
이야기입니다.

가을비

누구도 닿지도
만지지도
울리지도 못했던,
내면의 깊은 곳에
촉촉이 머물다간 사람.

손톱 크기만큼 멀어져
구름에 가려진 반달 같은
아련함의 기억으로
촉촉하게 흘러내립니다.

가을은 충분히

지는 노을
함께 바라볼
옆에 사람 한 명이면
충분히 행복한 계절입니다.

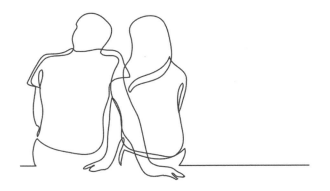

가을이 오는 길

새벽녘 살짝 열어놓은
창문 틈으로 불어오는
이 바람은
누구의 고백이기에
왜 이리 달콤할까요?

큰일입니다.
이 새벽 바람이 너무 좋습니다.
닿지 못하는 당신이 생각납니다.
마음 틈을 열어놓습니다.

가을은 꾹꾹

이삭을 꾹꾹 주워 담는 농부처럼
낙엽을 꾹꾹 눌러 담는 청소부처럼
김치를 꾹꾹 채워 담는 아낙처럼
추억을 꾹꾹 찰칵 담는 가족처럼
마음을 꾹꾹 적어 담는 연인처럼.

그래도 지치는 날에는 사랑이 위로가 되었다

다섯 번째 이야기
'삶과 신앙'

내가 쓰고 싶은 말

말들은 자연에
담아야 예쁘다.

말들은 마음에
담아야 따뜻하다.

말들은 눈빛에
담아야 진실 되다.

그렇게 말하고
또 그렇게 쓰고 싶다.

모든 것이 사랑이어라

누군가가
큰 환희에
환호하고 있다면
그건 사랑 때문일 것이고,

누군가가
작은 기쁨에
기뻐하고 있다면
그것 또한 사랑 때문일 것입니다.

봄은 어떤 모양이든 봄이듯

봄바람이 차가울 때가 있습니다.
봄바람이 세찰 때도 있습니다.
그래도 봄은 봄입니다.

네 계절을 마음에 품고 사는
나 또한 늘 봄처럼 따뜻하고 늘 가을처럼
성숙하지 못할 때가 많습니다.

나는 누군가에게
어느 계절일까요?

때론 여름 태양 같은 불같은 화를
때론 겨울 추위 같은 얼음 같은 냉정함을

봄은 어떤 모양이든 봄이듯
나는 어떤 모습이든 나임을.

남쪽의 봄

남쪽 마을에
봄이 비치니
보리밭 초록
이부자리 펼치느라
농부의 손이 바쁩니다.

남쪽 마을에
봄이 비치니
냉이 달래 초록 이부자리 걷는

아낙의 손이 쉬지 않습니다.

기억 1

오해로 인해 화해하고 싶은
사람이 있다면
기억이 있을 때 해야 합니다.

상처로 인해 치유하고 싶은
관계가 있다면
기억이 있을 때 해야 합니다.

나의 기억 속에 흔적 없이
지워진다면
누군가의 기억 속에
깊이 남아 아픔이 될 수 있습니다.

기억 2

내가 누군가를
어떻게 기억하고 있느냐는
크게 중요하지 않습니다.

내가 누군가에게
어떻게 기억되고 있느냐가 중요합니다.

그래서 뒷모습은
늘 아름답고 따뜻해야 합니다.

우리가 기댔던 것

지금 우리가 그리워하는 것은
우리가 기댔던 것이다.

사랑하는 사람들과의
먼 곳으로 여행
좋은 사람들과의
깊은 밤까지 대화

지금 우리가
그리워하는 것은
우리가 몸과 마음을
기댔던 것이다.

봄 편지

다가올 봄이
가까운 사람에게
편지를 씁니다.

봄을 먼저 만나면
답장을 달라고

봄 햇살 한 줌과
봄 새싹의 파릇함을
담아 보내주면
고마울 것이라고

봄 걸음이 더디면
그냥 어디쯤 오는 것 같다고
귀띔이라도 해달라고.

새와 친구가 되고 싶습니다

아침에 지저귀는
새와 친구가 되고 싶습니다.

그 친구는 참 성실할 것 같습니다.
언제나 같은 시간에
노래를 부릅니다.

그 친구는 참 유쾌할 것 같습니다.
언제나 쉬지 않고
여러 주제로 재잘거립니다.

그 친구는 참 정직할 것 같습니다.
언제나 숨김없이
자신의 모든 소리를
맑게 들려줍니다.

그 친구는 참 부담 없을 것 같습니다.
늘 한결같은 거리만큼에서
날 찾아와 속삭입니다.

내가 새와 친구가 되고 싶은 만큼
나도 누군가에게
꼭 그런 친구가 되고 싶습니다.

정직과 열심

초록은 햇빛과 빗물로 짙어지고
내 삶은 정직과 열심으로 빛이 나길.

바람이 불어오는 곳에서

눈을 감으면 바람이 될 것이라고 생각했던
어린 시절이 있었습니다.

그래서 바람 부는 곳에 가면
눈을 감고 바람이 되었다고 믿었습니다.

듣기에는 참 허무맹랑한 생각이라 할 수 있겠지만
난 오랫동안 그 생각을 믿으려 했던 시절이 있었습니다.

바람이 많은 부는 섬에 아이들과 왔습니다.
아이들아 눈을 감고 바람을 맞아보렴.

봄이 왔나봅니다.

봄이 제법 왔나 봅니다.
햇살에 눈이 살며시 감기는 것 보니

봄이 제법 왔나봅니다.
예쁜 봄꽃
살며시 귓가에 꽂는 것 보니

봄이 제법 왔나봅니다.
봄바람의 속삭임에도
뒤를 돌아보는 것을 보니

봄을 봄

당신의 눈 속에 밝고 맑은 햇살을 봄
길가의 이름 모를 들꽃의 새싹을 봄
그늘가 달팽이의 느린 기지개를 봄
걸으며 마주 잡은 두 손의 온기를 봄
뒷동산 나뭇잎의 고운 짙어짐을 봄

어느새 우리 안 우리 옆에 찾아온 봄

사랑하는 자녀들에게 1

보고 싶다는 것은
가고 있다는 이야기입니다.

등을 돌리는 것은 뒤에서
안아달라는 이야기입니다.

멍하니 딴 생각하는 건
함께 있음이 믿어지지
않는다는 이야기입니다.

실없이 웃는 건
행복이 새어나고
있다는 이야기입니다.

사랑하는 자녀들에게 2

나의 사랑하는 자녀들아
우리 비가 오면 비를 피하지 말고
빗속에서 함께 춤을 추지 않을래?
우리의 시련과 고난도 피하지 말고
하나님이 우리에게 주신 유익이라
기뻐하며 즐거워하며 춤추듯,

겨울을 만드는 사람들

하늘에 눈을 만드는 사람이 있다면
지금쯤 무엇을 하고 있을까?

땅속에 새싹을 만드는 사람이 있다면
낙엽이 지고 첫눈이 오기 전
무슨 생각을 하고 있을까?

북쪽에 찬바람을 만드는
사람이 있다면
지금쯤 어떤 모양의 바람을 만들고 있을까?

강물에 얼음을
만드는 사람 있다면
어떤 옷을 입고 있을까?

숨

겨울의 숨소리가
거칠수록
봄은 가까워진다.

겨울바람의 날숨과
봄기운의 들숨이
헤집어 놓은 들판에는
농부가 숨을 고르며
땅을 일군다.

선유도

지난겨울 서쪽의 섬에서는
잘 다듬어진 수고의 말이 담긴
초대장이 날아왔습니다.

답장을 하기 전에
그 섬으로 다리가 놓아졌으나
나의 다리로는 건널 수가 없으며
그 섬으로 길(way)이 생겼으나
나는 갈 방법(way)이 없습니다.

그 섬이 사람들로 가득할수록
내 마음은 텅 비어갑니다
그 섬에 가고 싶습니다.

365개의 계절

많은 사람들은
봄 여름 가을 겨울
네 계절을 살아가지만
마음에 사랑과
따뜻한 시선이
가득 찬 사람은
365개의 계절로 살아간다.

늘 꽃은 새로우며
바람은 상이하며
별빛은 달라지며
햇살을 다채롭다.

우리는 그렇게
매일 다른 계절을
사랑하며 살아간다.

멜버른 여행

시간의 계절은 여름에 닿아있으나
마음의 계절은 겨울을 닮아있었습니다

시간의 거리는 금방 닿을 듯하나
마음의 거리는 아득하기만 했습니다

나의 기억은 늘
좋은 추억으로만 기록하였으며
당신의 기억조차 나의 글로
아름답게 만들려 했습니다.

기억은 또 다른 기억으로
시간은 또 다른 시간으로
기억과 시간에 속지 않을
그곳으로 떠나보냅니다

추억과 기억

추억은 변하지 않는다.
나의 기억이 변할 뿐이다.
오늘도 시간이 지나면
추억이 되며
기억은 점점 희미해진다.
하루하루 분명하게, 선명하게
최선을 다해야 하는 이유이다.

도서관 가는 길

도서관 가는 길
햇빛이 반갑습니다.

어제는 내 그리움
큰바람 같아
당신에게 닿을 때쯤
선선한 바람이 되길

오늘은 내 그리움 햇빛 같아
당신에 닿을 때쯤
포근한 볕이 되길 바래봅니다.

종이비행기

어렸을 때 접어서 날려본 종이비행기는
생각보다 멀리 날지 못하고

종이배는 결국 물에 젖어 가라앉고
바람개비는 애써 들고
신나게 뛰어야 겨우 도는데

그땐 그걸 몰랐습니다
그래서 행복했던 것 같습니다.

종이비행기를, 종이배를
바람개비를 접어본 적이 언제인가?

꿈을 접은 그때쯤인 것 같습니다.

조금 남은 것

조금 남은 것도 남은 것입니다.
조금 남은 그리움은
설렘으로 때론 미움으로
결국 남아 있습니다.

조금 남은 것으로 충분합니다.
조금 남은 창가의 단풍낙엽이
가을과의 진한 이별의 정취를
느끼기에 충분합니다.

조금 남음으로 오히려 풍족합니다.
다 거두지 않은 들녘의 양식들
새가 먹고 들짐승이 먹음으로
우리는 모두 풍족해집니다.

봄을 만나면

봄이 비를 만나면
새싹이 됩니다.

봄이 햇살을 만나면
꽃이 됩니다.

봄이 바람을 만나면
향기가 됩니다.

봄이 사랑을 만나면
시가 됩니다.

열 심

하루를 정리할 밤이
오늘을 돌아볼 내일이
여름을 추억할 가을이
올해를 곱씹을 내년이
평생의 삶을 고해야 하는
천국의 하나님이 있기에
순간순간 우리는 진실해야 하며
열심히 살아야 합니다.

둘보다 하나

한 가지 재주보다 두 가지 재주가 낫지만
두 우물보다 한 우물이 낫습니다.

한음보다는 두음이 낫지만
두 개의 소리보다 하나의 소리가 낫습니다.

한 가지 표정보다 두 개의 표정이 낫지만
두 얼굴보다 하나의 얼굴이 낫습니다.

한 사람보다는 두 사람이 낫지만
두 마음보다는 한마음이 낫습니다.

함께 오는 것들

사랑이 있다면 그 안에
미움도 있을게 좋습니다.

바다가 있다면 그 안에
파도도 있을게 좋습니다.

하늘이 있다면 그 안에
구름도 있을게 좋습니다.

아픔이 있다면 그 안에
성숙도 있을게 좋습니다.

여름이 있다면 그 안에
가을도 있을게 좋습니다.

고난이 있다면 그 안에
주님이 있을게
그것으로 다됩니다.

모든 건 등 뒤에서

우리는 앞을 바라보고 걸어가지만
모든 건 등 뒤에서 옵니다.

뒤돌아보니
아득할 때가 있습니다.
어떻게 여기까지 왔을까?

날 위해 기도하시는 이도
나의 등 뒤에서 힘주시는 이도
모든 이는 등 뒤에 있습니다.

그래서 우리는
뒤를 돌아보아야 합니다.

구불구불 구불 길

반듯하게 걸어온 것 같아도
돌아보면 구불한 길

늘 반듯한 마음으로
사랑한 것 같지만
돌아보면 구불구불 모가 있는 삶.

주님만을 따르며
올곧게 살아온 것 같지만
돌아보면 주님이 날 인도하심.

지금이 그때

내 신앙의 사각지대는 없는지
내 사랑의 모난 부분은 없는지
내 마음의 뿔이 난 곳은 없는지
내 열심히 이기적이지 않은지

돌아보고 살펴야 할 때.

보통과는 다른 날들

보통과는 다른 날들을
지극히 꿈꾸지만
오늘도 지극히 보통의 날을 살아갑니다.

오래전 특별했던 날들도
지금 돌아보면 보통의 날들입니다.

어쩌면 이런 지극히 보통의 날이
나에게는 지극히
특별한 날이기도
한 것 같습니다.

아침에 눈을 떴을 때
그저 내가 숨쉬고 있음이
그리고 내가 사랑하는 사람이
살아서 오늘도 보통의 날을
살아가고 있음이
주님이 나에게 주신
가장 특별함이 아닐까 생각해봅니다.

만 남

빗물이 초록을 만나며
더 영롱해집니다.

냇물이 송사리를 만나면
더 맑아집니다.

샘물이 산새를 만나면
더 풍성해집니다.

눈물이 기도를 만나면
더 가까이 하나님께 나아갑니다.

믿음과 소망

사람이 공간이라면
무엇으로 채울 수 있을까?

그분 한 분만으로 족하다.
할 수 있는 믿음이 내게 있을까?

사람이 시간이라면
무엇으로 보낼 수 있을까?

그분 한 분만 바라보며
나아갈 수 있는
소망이 내게 있을까?

쉼의 자리에서 뒤를 돌아보며

나이를 먹는다고 저절로
지혜가 생기는 것은 절대 아닌 것 같습니다.

어떤 마음으로 어떻게 살아왔는지.
자기 앞에 놓인 무수히 많은 선택들을
어떤 가치관에 따라 결정하고 때론 포기했는지
그리고 그 과정 가운데 시행착오를 어떻게 대처했는지.
그런 것들이 겹겹이 쌓여진 것이
나이가 들어감에 따른 지혜인 것 같습니다.

그 과정 속에 내 자아가 컸다면
난 탐욕스러운 인간이 되어 있을 테고
이웃과 내가 믿은 하나님이 컸다면
참 지혜 있는 사람이 되어 있을 것입니다.

지난날을 돌아보니 앞날이 보입니다.
어떻게 살아가야 할지요.

겨울의 숲에는 사는 시.

호수의 물이 살얼음에
닿는 내음이 좋습니다.

앙상한 가지 사이로
햇살의 노래가 흥겹습니다.

줄지어가는 청둥오리의
걸음이 웃음 짓게 합니다.

바시락 바시락
겨울 낙엽의 소리가
게으름을 깨웁니다.

함 께

혼자 있음은
같이 있음으로 빛이 납니다.

사랑하는 사람과
고요한 숲을 조용히 걷다 보면
같이 걷는 것만으로
고독의 시간은 윤택해집니다.

마치 눈동자같이
바라보시는 하나님의 계심으로
혼자만의 은밀한 시간이 더욱 귀하듯.

봄꽃 또한

소유가 아니라 존재라.
하나님께서 나에게 주신 능력은
소유가 아니라 존재라.

내게 능력 주신 자 안에서
모든 것을 할 수 있다는
사도바울의 고백처럼
풍성하거나 궁핍할 때도
자족하며 감사해야 합니다.

진달래, 개나리를 기다리는 자가
많지 않고, 찾는 이가 적어도

어느새 봄이란 바다에 꽃 파도를
이루며 자신의 소임임을
다하는 꽃들처럼.

나는 어떤 계절을 살고 있는가?

가을이 주는 풍성한 결실을 바라보며
나의 삶을 돌아봅니다.

나는 그리스도 안에서
어떤 계절을 살고 있는가?

삶 가운데 예수그리스도의
사랑의 열매를 맺고 살고 있는가?

포도나무와 가지처럼
그리고 시냇가에 시절을 쫓아
과실을 맺으며 살아가는
늘 가을 같은 풍성한 삶을 살고 있는가?

우리가 자랑해야 할 것은

우리가 자랑해야 할 것은
내가 받은 은혜가 아니오.
하나님이 부어주신 은혜입니다.

기도의 자리에 나옴도
나에게서 나옴이 아니오.
하나님의 은혜 아니면
나올 수 없습니다.

하나님의 은혜가
나의 입술의 무게를 더하여
더욱 겸손하게 주 앞에
나아가게 하소서.

우리의 소유

우리의 기억은
언제는 그곳에
머물 필요가 없습니다.

우리의 시간도
언제나 그 안에
머물 필요가 없습니다.

우리가 언제나
누군가에 소유될
이유 또한 없습니다.

우리의 기억과 시간은 물이며
우리의 소유는 오직 한 분입니다.

기도해야 할 때

가끔 그런 날이 있다.
기쁜 일이 없는데 기쁘고,
우울한 일이 없는데 우울하고,
웃을 일이 없는데 웃음이 나고,
아픈 데가 없는데 아프고,
슬픈 일이 없는데 눈물이 나고….
그때는 하나님께 물어야 할 때!

당신이 바라보는 나의 마음

홍수처럼 넘치다가
가뭄처럼 메말라 버리는 마음.
안개처럼 자욱하다가
뙤약볕처럼 뜨거운 마음.
지리한 장마 같다가도
파란 맑은 구름 같은 마음.
머리 위 먹구름 같다가도
서쪽 하늘 노을 같은 마음.
그 마음을 다 품느라
늘 아리고
두근두근거리는 마음.

꽃은 늘 피어있습니다.

물론 꽃은 집니다.
하지만 우리 주변에는
계절이 바뀌어도
늘 꽃이 피어있습니다

꽃들이 꽃들에게 생명을 이어줍니다.
해바라기 나팔꽃이 피었다가
코스모스 구절초가 피고,

이 계절이 지나면 동백꽃이 피겠지요.
모양, 빛깔, 향은 달라도
늘 피어나는 꽃처럼,

우리의 삶이
매일매일 다르지만 비슷하고, 비슷하지만 다르더라도
예수그리스도의 향기 나는 삶으로
예쁘게 향기롭게 늘 피어나길.

이런 자 되게 하소서

이런 자 되게 하소서
한 사람보다는 두 사람이 나음을 알고
사막에 홀로 굳건히 서 있는 사람보다
시냇가에 심긴 나무가 되게 하소서

나의 등불을 켜 주실 이의 인도하심을 따라가며
내가 밝힌 은혜의 등불을 보시고
당신이 찾아오시길 기도하게 하소서.

바다 위로 걸어오시는 당신을 만나기 위한
처절한 순종의 싸움을 이기게 하시고
산에 올라가 온전히 그분의 음성에만
귀를 기울이게 하시며
당신의 믿음의 눈을 열어 그 능력을
바라보게 하소서.

세상의 흔적에 얽매이지 않게 하시고
지나보지 못한 길을 향하여
일어나 건너가서 밟고 넉넉히
이기게 하소서.

어두운 시대에 빛이 되며
지혜 있는 자로 영원토록 빛나게 하시며
세상의 낙심이 아닌 하나님의 낙심에 반응케 하시며
나의 손이 당신의 옷자락을 만질 수 있는
믿음을 간구하는 기도를 드리게 하소서.

예루살렘에 들어가시는 당신이
나의 진정한 왕임을 고백하게 하시며
당신의 말씀을 기억하며
당신의 사랑을 깨닫게 하시고
당신의 손길로 나의 의심을 믿음으로 바뀌게 하소서.

나의 모든 삶의 순간에

당신이 기억나게 하시고

골짜기의 주민들의 철 병거를 두려워하지 않으며

오로지 하나님과 연합하는 자가 되어 능치 못함이 없게 하소서

세상 사람들에게 기억되는 자가 아니라

오로지 당신 한 사람에게 기억되는

몇 사람 중의 한 사람이 되게 하소서.